KB237332

청어詩人選 65

Ryu-JaeSang *Poetry Vols.29*

가장 황홀한 원 圓

The Circle, the Most Enchanting Shape

| 류재상 제29시집 |

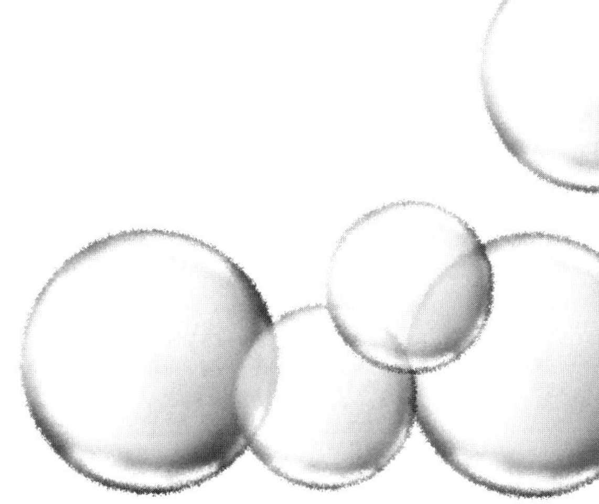

청어

가장 황홀한 원(圓)

류재상 지음

발행처 · 도서출판 청어
발행인 · 이영철
영 업 · 이동호
기 획 · 강보임 | 김홍순
편 집 · 김영신 | 방세화
디자인 · 오주연
제작부장 · 공병한
인 쇄 · 두리터

등 록 · 1999년 5월 3일(제22-1541호)

1판 1쇄 인쇄 · 2010년 4월 5일
1판 1쇄 발행 · 2010년 4월 10일

주소 · 서울시 서초구 서초동 1588-1 신성빌딩 A동 412호
대표전화 · 586-0477
팩시밀리 · 586-0478

블로그 · http://blog.naver.com/ppi20
E-mail · ppi20@hanmail.net
ISBN · 978-89-93563-78-8 （03810）

가장 황홀한 원(圓)

The Circle, the Most Enchanting Shape

언어의 신(神)

인격은 목적이다. 절대로 수단이 될 수 없다. 그런데 세상은 그렇지 않다. 인격을 수단으로 대하는 사람들이 너무나 많다. 아주 타락한 세상이다. 특히 돈에 오염된 상업주의가 그렇다.

문학도 목적이다. 절대로 수단이 될 수 없다. 그런데 세상은 그렇지 않다. 문학을 수단으로 대하는 문인들이 너무나 많다. 아주 타락한 문인들이다. 특히 이들은 가장 무서운 가짜요, 위험한 속물들이다.

상업주의에 오염된, 문학잡지 발행인이나 그 편집인들이, 공산품처럼 문인들을 생산해놓고, 문학은 쥐뿔도 모르면서 자기네 문학잡지 신인상 심사위원이나, 또는 문학상 및 각종 문학행사 심사위원으로 참여하여 문학의 달인처럼 행세하거나, 완성도 낮은 시나 소설을 오히려 위대한 작품으로 화려하게 둔갑시켜 허위 과장광고를 일삼는 소위 직업적인 문학작품 해설가나, 또 문학잡지 맨 뒤꽁

무니에 자리 잡은 촌평란(寸評欄)에, 촌평자의 친구나 제 주위의 잘 아는 사람의 작품을 뻥튀기하여, 안목 있는 독자들을 참으로 부끄럽고 낯 뜨겁게 하는 그런 비양심적인 평자나, 문학평론가라는 권위와 허울로, 피땀 흘린 남의 글을 자기 글인 양 슬쩍 베끼거나, 아니면 외국의 유명한 문학이론을 제 것인 양 도용하여 문학이론가로서 유명세를 자랑하거나, 별 볼일 없는 저급한 작품을 돈이나 인맥, 또는 교묘한 사교술로 문학상을 휩쓸어, 자기가 가장 유명한 문학인 양 자기 출세의 한 방편으로 이용하거나, 아니면 그것을 돈벌이의 한 수단으로 활용하거나…

　전문적인 문단정치꾼들이, 자기들의 권력이나 세력을 위해 비공식적이고 개인적인 문학단체를 임의대로 만들어, 거기에서 간부라고 거들먹거리는 그런 문인들이거나, 그 주변을 기웃거리는 참으로 딱하고 불쌍한 기생(寄生) 문인들, 또는 지방에서, 지역정치의 대중동원(大衆動員) 세력인 토착문화세력과 협착하여 문화원장 내지 각종 예술단체의 지부장이나 그 간부로 있으면서 그 지방 문화예술지원금을 교묘한 명목으로 빼돌려, 지방 문화나 예술을 자기 뜻대로 움직여 보려는 그런 얌체 문인들, 또는 그 지역중심도시에 거주하면서 지역문인단체의 회장이나 간부로 있으면서 그 지역 주변의 천재적인 뛰어난 문인이나 예술인을 질투하여 의도적으로 소외시키는 그런 한심한 지방텃세 문인들이 우리가 가장 경계할 위험한 문인들이다.

이 서문을 읽고 불쾌하거나 몹시 화가 나는 그런 문인이 만약 있다면, 스스로가 타락한 문인임을 자인(自認)하는 가장 확실한 증거가 될 것이다.

목적이란 바로 신(神)이다. 신은 오직 경배요, 신앙이다.

문학은 언어의 신이다.

세상이 아무리 타락해도, 문인(文人)은 언어의 신을 믿는 가장 고매한 성직자다.

山人居處德裕山月葉堂主人 月葉 志

c·o·n·t·e·n·t·s

• • • • • • • 가장 황홀한 원

1

작은 앵두 한 알

하도 작아서
눈물도 제 키 재어보고
개미도 어깨에 둘러메는
그런 작은 존재다
햇볕도 발로 걷어차고
바람도 심심하면
손으로 꼬집어본다

 ・・・・・・ 가장 황홀한 원

작은 앵두 한 알

빨간 옷자락에 흙먼지 얼룩진
작은 앵두 한 알, 넓은 운동장에 떨어져 혼자 외롭다
하도 작아서 눈물도 제 키 재어보고
개미도 어깨에 둘러메는 그런 작은 존재다
햇볕도 발로 걷어차고
바람도 심심하면 손으로 꼬집어본다
그래도 오직 살아 있는 오기와 자존심 때문에
하루 종일 눈알이 빨갛게 살다가
저녁 무렵 그 넓은 운동장에서
벼락 같이 덤벼드는 축구화 밑에서
단호히, 역사(歷史)처럼 땅속에 단단한 씨 하나 묻고,

작아도 가장 용감하게 희망처럼 사라져갔다

어느 허공의 풍류

오늘은 텅 빈 허공 하나가 잔치를 베푼다
산들이, 주름진 깊은 골짜기 높은 산들이,
저쪽 텅 빈 허공에 흰 구름 도포자락 휘날리며
조선(朝鮮)의 선비처럼 내려와 앉는다
그 옆에 졸졸거리는 작은 시냇물 소리도
벌써 춤추는 아름다운 기생(妓生)이다
저 먼 솔밭 하나가
아까부터 하얗게 안개 쓴 갓이 반쯤 벗어진 채
허허, 그만 하늘에 취해서 그 넓은 이마가 끝없이 파랗다
어느새 저쪽의 늙은 갈대까지
바람에 춤추다가 바지가 다 벗어졌다
저 건너 빈 들판도 입이 마냥 헤벌쭉 벌어질 무렵,
저 멀리서 바위 하나가 저녁놀에 흠뻑 취해
달빛에 빠져 죽은 당나라 시인,

이적선(李謫仙) 그놈처럼 황홀하게 비틀거리고 있다

아름다운 추억

까만 고무신 한 켤레가 내 자가용이었던 어린 시절,
마을길 신나게 달리다보면
저녁 해 손 흔들며 안녕이라 인사해도 몰랐다
까만 내 자가용을 가장 많이 탄 친구는
폴폴 먼지 가장 귀엽게 휘날리던 흙이었고,
가끔은 슬퍼 울고 싶은 눈 큰 죽은 잠자리의 영혼도
예쁜 꽃잎 위에 태워주었다
바람이 내 까만 자가용이 타고 싶어
내 옷자락을 자꾸만 흔들 때에는 괜히 내 어깨도 우쭐했다
따뜻한 겨울 햇살을 가득 싣고
휘파람 불며 마을길 신나게 달릴 때에는

언제나 내 자가용은 반짝반짝 빛나는 눈부신 빈차였다

늙은 시인

고요와 적막으로
날마다 하얀 밥을 짓는다
어쩌다 바람이 아버지 하고 휙 지나치면
그것도 자식이라고
달콤한 고독을 반으로 뚝 잘라
행복으로 나누어 먹는다
가끔씩 하늘, 저 푸른 친구와
독한 영감(靈感)을 한 잔씩 나누다가
몹시 취하면,
백지(白紙)보다 더 깨끗하게 무릎 꿇고
그만, 언어의 신(神) 앞에

가장 몽롱한 성직자가 된다

또 하나 4월 풍경

새싹과 참새가
저녁놀 질 때까지 소꿉을 산다
4월, 그 파란 앞치마 입고
짹짹짹 파릇파릇 여보, 당신 하면서
소꿉을 산다
저쪽 하늘쟁반에 동그랗게 놓인
따뜻한 봄바람 한 접시,
그 옆에
복숭아 진달래꽃 그 빨간 찻잔 두 개,
행복한 새싹과 참새 부부,
아침부터
봄비 낳아 아주 촉촉하게 기르고,
하루 종일 파릇파릇 짹짹짹
여보, 당신하면서

오늘도 저녁놀 질 때까지 소꿉을 산다

봄비 오시는 밤에

봄비가 초록색 물감으로
그리움을 밤새도록 그리네요
왠지, 나도 잠 못 들고, 어둠도 잠 못 들고
흐르는 시간도 잠 못 들어 뒤척이는 밤,
지금 밖에는
5월이, 초록빛 눈을 아주 동그랗게 뜨시고
가장 촉촉한
첫날밤 신부(新婦)로 오시네요
이럴 때,
점점 가까이 들려오는 그 푸른 발걸음에
나도 막 가슴 뛰고
어둠도 막 가슴 뛰고

흐르는 시간도 막 가슴 뛰는 그런 거룩한 밤이에요

살아 있는 즐거움

하늘 냄새 풍풍 풍기는
갓 구워낸 하얀 흰 구름 한 접시,
그 옆에 따끈하게 끓인
제비꽃 동동 떠 있는
양지쪽 환한 햇볕 한 잔(盞),
어느새 달콤하게 젖어오는 저녁 무렵,
빨갛게 노을 하나 기다리는
저쪽의 높은 서산(西山) 위로
작은 멧새 무리,
한없이 행복하게 날아갔다 날아오는

살아 있는 저 황홀한 즐거움

나팔꽃 아침

뚜뚜 잠 깨우는 나팔꽃 아침,
따끈하게 끓인 8월의 저 파란 녹차(綠茶) 하늘,
맑은 물소리도
정다운 새소리도
뜨겁게 호호 불면서 한 잔씩 마신다
오늘 아침 찻잔은
아주 잘 닦여진 저쪽에 단정히 놓인 동쪽 하늘,
마을 저쪽에서
아직도
캉캉 개 짖는 동그란 찻잔의 손잡이,

밤새도록 빨갛게 소나기 묻어나던 나팔꽃 아침

소나기 오시는 여름

뜨거운 8월이, 텅 빈 허공에
소나기 가득 붓고
무더위, 그 매운 고추 송송 썰어 넣어
산(山)도 들판도
올 여름 가장 얼큰하게
풀잎, 그 파란 불꽃 위에서

저 커다란 하늘냄비에 찌개를 팔팔 끓이고 있다

바람의 춤

바람은
오직 춤으로 그림을 그린다
저 장미꽃의 흔들림도
춤을 그리는 바람의 빨간 물감,
출렁거리는 여인의 옷자락도
즐거운 바람의 춤,
저렇게 길가에 하얗게 휘날리는 휴지도
가장 흥겨운 바람의 춤,
내 앞에서 풀잎, 파랗게 춤추는 바람은
날마다 저렇게 즐겁다
오늘도 바람, 그녀의 앞가슴은

금방 터질듯 팽팽히 부풀어올라있다

여름

여름이 땀 흘리는 무더위와
불쾌지수로 눈썹을 예쁘게 그리고,
저쪽 바닷가에서 요염(妖艶)하다
이럴 때 바람이 보다 시원하게
둥근 가슴으로 달려오면
바다의 파도는 너무나 푸른 관능(官能)이다
밤새도록 혼자 출렁거리던
해수욕장 작은 바다 하나가,
오늘은 가슴이 터질듯이 달려오는
여름의 저 뜨거운 아랫도리에

아침부터 급하게 푸른 손을 얼른 넣는다

아침바다

순결한 아침 바다,
그 처녀성이
아직도 푸른 파도로 일렁이고 있다
아침 해가 날마다
저렇게 붉게 청혼(請婚)해도
바다는 오직 뿌연 안개뿐이다
일렁이는 물밑, 그 아래에서
하늘이 파랗게 무릎 꿇고 사랑을 고백해도,
배 한 척 멀리 떠나는 수평선,
오직, 그 꿈같은 바보한테
아침 바다,

그 출렁거리는 순결성을 아주 빨갛게 바치고 있다

봄바람

하느님,
제 유방(乳房)이 벌써 지구본 같아요
어떻게 하면 좋아요
햇볕이라도 건드리면
펑하고 금방이라도 터질 것 같아요
어서 빨리 풀잎이 자라는
저 왕성한 생명력과 결혼하고 싶어요
지금 제 입술이 온통 빨간 꽃잎으로
활활 불타오르고 있어요
춤추는 제 허리가 산과 들판에서
온통 아지랑이로 일렁이고 있어요
하느님, 당장 내일이라도 봄비 같은

저 촉촉한 딸 하나를 임신하고 싶어요

봄(春)

노랗게
산수유꽃 짹짹거리는 날,
외로운 산새는 친구가 생겨서 좋았다
앞산에서 몹시 통통한 예쁜 햇살이
두 눈을 찡긋하면
졸졸거리던 작은 개울물소리도 괜히 가슴 설렌다
오늘따라 저쪽 하늘은
어제보다 더욱 파랗게 깔깔거리고,
한창 일렁이는 젊은 아지랑이 하나가,
엊저녁에
밤새도록 봄비에 젖은 아주 촉촉한 들판 하나를

첫날밤 신부(新婦)처럼 침실로 안고 간다

올봄(春) 이야기

나는
벌써 시력(詩歷) 사십 년,
올봄 개나리의 노란 입술과
진달래의 가슴 아픈 빨간 이야기를 데리고
보석처럼
눈물 박힌 세상을
그래도 한번 힘차게 달려볼래요
하늘이 파랗게 손짓하는
희망찬 저쪽이,
괜히 아지랑이 저 혼자 짜증내는 이쪽보다

꽃피는 이야기가 훨씬 더 화려하고 많을 것 같거든요

신록(新綠)

5월은 아주 상큼한 초록빛 맛이에요
저쪽의 싱싱한 나뭇잎들이 눈이 시도록
향기로워요
지금 온 들판은
풀잎들이 너무 파랗게 짹짹거려
몹시 시끄럽네요
이럴 때, 창공(蒼空)은 맑아
공기(空氣)가 꼭 유리알 같네요
나뭇가지에서 한창 신나는 신록(新綠)은
작은 손 막 흔들며

저쪽에 오시는 눈부신 아침햇살을 반갑게 아빠라 불러요

꿀벌

꿀벌 등에 예쁜 꿀이 업혀간다
달아서 언제나 촉촉하다
꿀벌 등에 빨간 꽃잎의 무게가 업혀간다
가벼워서 마냥 향긋하다
꿀벌 등에
노란 생명의 씨앗이 업혀간다
소중해서 한없이 끈끈하다
꿀벌 등에 작은 침(針)이 하나가 업혀간다
이것은
언제나 생(生)의 깊은 비밀이라서

볼 때마다 왠지 두렵고 무섭다

하늘

하늘은
놀고 싶을 때는 언제나 친구다
보고 싶을 때는
언제나 그리운 엄마다
가고 싶을 때는 언제나 집이다
그러나 하늘은
나 혼자 있을 때는 색종이다
파란 색종이다
아주 멀리 계신 엄마가 보고 싶어
누나랑

밤마다 학(鶴)을 접던 그런 파란 색종이다

3월 풍경

3월은 술잔이다
멀리 날고 있는 산비둘기 몇 마리
고운 무늬로 박혀 있는
그런 술잔이다
이 술잔에 쨍 하고 하늘을 따르면
벌써 내 입안이
온통 눈부시게 파랗다
저 건너 아지랑이 짧은 치마 밑에
촉촉한 속살,
저쪽에 몇 개 핀 작은 제비꽃,
길거리의 노숙자 같은 녹다 만 잔설(殘雪)이
가끔씩 꽃샘바람,

그 차디찬 술잔을 하얗게 잡는다

· · · · · · · 가장 황홀한 원

2
작은
과수원 하나

가을이 동그랗게
배꼽을 내놓고
성큼성큼 마을로
내려오는 날,
과일 속에 숨겨둔
하느님의 목소리가 펑하고
온통 단맛으로 쏟아진다

· · · · · · · 가장 황홀한 원

작은 과수원 하나

나무에 매달린 과일들이
무르익은 햇볕을 따먹고
저쪽 허공에서 입술이 한창 빨갛다
그들은 일제히 웃고 있는 동그란 얼굴이다
가까운 저쪽에서
가을이 동그랗게 배꼽을 내놓고
성큼성큼 마을로 내려오는 날,
과일 속에 숨겨둔

하느님의 목소리가 펑하고 온통 단맛으로 쏟아진다

늦가을 산사(山寺)

풍경(風磬)소리에 촉촉이 젖은
어느 작은 가을 산사(山寺),
해맑은 적막(寂寞)에 목욕하고
지금은 깨끗이 속옷을 갈아입는다
창밖의 가냘픈 물소리,
고요와 눈 맞추고 입 맞추는
적멸(寂滅)의 시간,
얇은 창호지 사이로 번지는
외로운 여승(女僧)의 독경소리에,
온통 붉은 늦가을 단풍이

어느새 짙은 커피색 밤하늘에 사르르 녹는다

가을의 행복

가을 날, 과일들이 익어가는
아주 달콤한 행복 하나가,
오늘도 햇볕과 물소리가 교미(交尾)하는
동그란 그쪽으로
아주 빨갛게 걷는다
이럴 때,
곡식들이 익어가는 저 황금빛 즐거움들이
일제히 목을 길게 뽑고

눈부신 가을햇살을 엄마라 목청껏 부르고 있다

지리산 가을 단풍

둥둥
하얀 앞치마 저 흰 구름,
지금 한창 신나게 단풍을 요리하는
지리산,
벌써 그 맛 가장 잘 익은 고추장 맛,
오늘도 눈(目)이 맵고 아리도록
파란 하늘접시 위에 단정히 놓인
지리산 요리,
우우,
바람이 몰려와서 맛보아도
역시 지리산 솜씨는

눈(目) 속이 가장 화끈하게 매운 저 가을 단풍

저 먼 겨울 산

찢어진 채 겹치고
포개진 채 구겨져 제멋대로 굴러다녀도
그래도 능선만은 살아서 몹시 꿈틀거리는
저 먼 겨울 산,
희뿌연 안개보다 더 짙은 색깔로
저 멀리 보이는
불쌍한 작은 마을을 되는 대로 주먹질하고,
꽁꽁 언 솔밭으로
제아무리 푸르게 외쳐 봐도,
눈 덮인 하얀 겨울 산은

결코 하늘 아래 가장 덩치 큰 고독

늦가을 빈 들판

오죽했으면 마음을 이렇게 비웠겠어요
못다 준 사랑 같은 욕심 때문에 자식 같은 저 노란 알곡식,
하나도 버리지 못했어요
만약에 늦가을아저씨, 당신이 아니었다면
지금쯤 가진 것 모두 다 안고 얼마나 허리 휘청하고 살았겠어요
제발 비워라비워라 이렇게 날마다 저 가을하늘은
더욱 푸르게 말씀하셨는데, 저는 그것도 모르고 아주 뒤늦게
텅 빈 하늘의 저 눈부신 파란말씀을 알아들었어요
이제 모든 것을 다 비우고 돌아서는 제가,
어느새 행복이 가득 찬 빈 허공이 되었어요
벌써 새(鳥)들의 날개 끝에
활짝 핀 저 자유의 꽃을 한 아름 꺾었어요
비우고 난 지금은 손끝에서 발끝까지 너무 황홀하고 나른해요
이제는 아무리 큰 산(山)일지라도
제 넓은 품 안에 넉넉히 제 아기처럼 받아들일 수 있어요
늦가을아저씨, 지금 한창 나무 끝에서 혼자 춤추는 저 바람하고

내일이라도 당장 아주 시원하게 결혼하고 싶어요

땅속 겨울 냉이

추울수록
더욱 달콤하게 버티고
아플수록 보다 부드럽게 버티는
땅속 저 겨울 냉이의
지혜,
이 놀라운 생존법칙,
인내는
끝내, 이 모진 추위를
가장 향긋한 향기로

우리의 밥상 위에 자랑스럽게 올려놓는다

눈 내리는 양지(陽地) 마을

젊은 솔밭들이
하얗게 엉덩이 까놓고 앉아 오줌 누는
내가 사는 양지마을, 바람들이 어, 참 시원하시겠네
이렇게 우 몰려가는 저녁 무렵,
눈보라 한패가 넘어질듯 사선(斜線)으로 비틀거리는
저쪽 빈집 너머로, 배고픈 허연 들판이
펑펑 흰 눈 두어 잔 퍼마시고 어느새 하얗게 취해버린
저무는 들녘,
지금 한창 작은 참새들 집 찾아오는 소리,
보석보다 더 눈부시게 짹짹거리는

아직도 하염없이 눈 내리는 어머니 같은 양지 마을

가을하늘

거울이다
깊은 내면이 보이는 거울이다
그 맑은 거울 속으로 하얀 새 두 마리 날아
때 묻은 흰 구름 닦는다
거울 앞에 산들이 둘러앉아 눈썹을 그린다
저 먼 스카이라인(skyline)이다
짙은 그 눈썹 밑에 주근깨 같은
저쪽 작은 마을 하나,

오늘도, 집집마다 웃음소리 들리는 저녁연기 난다

구름놀이

외로운 소년은 늘 구름하고 놀았다
밭에서 돌아온
어머니의 짙은 땀 냄새 속에
몇 개의 감자와 옥수수가 보일 때까지
소년은 늘 구름하고 놀았다
아버지 어깨 위에 하얗게 묻은
그 거친 숨소리와
어머니의 옷자락에 눈물처럼 얼룩진
짙은 땀 냄새가 싫어,
소년은 늘 푸른하늘 저 먼 흰 구름하고

괜히 펑펑 눈물 나는 그런 먼 곳으로 떠나곤 했었다

늙은 느티나무 그 외로운 풍경

팔십 노모(老母)
늙은 느티나무 우리 어머니,
뼈와 살까지 팔남매 자식들에게 다 넘겨준
쓸쓸한 풍경,
새 한 마리 날아와 짹짹거리지 않는
저 빈 들판의 자욱한 아침안개
그 앞에서 가물거리는 자식들 모습,
동구 밖 길게 그림자 이끌고
기다림에 지친 늙은 느티나무 한 그루,
노년에
홀로 서 있는 외로운 우리 어머니의 풍경,
등 굽은 지팡이 끝에 날개 달고

하늘로 하얗게 날아가는 늙은 느티나무 한 그루

인간이라면

잔인한 인간아저씨들 안녕하세요
우리 참새들 너무 작다고 깔보지 마세요
작은 우리 참새들,
요 귀중한 생명도 인간 당신들 그 고귀한 생명과 똑같아요
살아 있는 이 놀라운 기쁨이 인간 당신들과 똑같단 말이에요
세상에서 가장 어색하게 기어 나오는
굼벵이 저 친구들한테 한번 물어보세요
자기들 생명이 가장 고귀해서 하늘은 늘 자기들 편이라고
오늘도 얼마나 자랑스럽게 꿈틀거리나요
짹짹짹 우리 작은 참새들 모여 이렇게 모이 찾는
이 소중한 한나절,
살아 있는 오늘이 요렇게 신나고 행복하다는 사실을,

눈물 가진 인간이라면, 아마 그 누구도 부정할 수 없을 거예요

봄이 오는 산속에서

적막이 새끼를 낳아 예쁘게 기르고 있는
깊은 산속, 물소리 저 녀석들,
오랫동안 적막을 사랑하다
산굽이 돌아가는 발걸음이 어느새 초록(草綠)이다
흰 구름 저 외로운 친구들,
오늘은 모처럼 하늘 쳐다보는 친구 만나
춤추는 기쁨을 다 주고도 아직도 못내 흥이 남는다
이럴 때 하늘은
왜 저렇게 어제보다 더욱 파랗게 깔깔거리는가
몹시 상쾌한 내 발걸음이, 오늘은 너무나 행복해
4월의 저 조팝꽃 하얀 배꼽을 내놓고

그만, 흔들리는 바람 위에 발랑 드러눕는다

알고 보면

눈(目)으로 들리는
돌들의 저 아름다운 자유가 향기롭다
제멋대로 생긴 모양과 크기대로
돌(石), 저들은 지금 마음껏 외치고 마음껏 떠든다
돌 같은 저 무거운 침묵의 세계도
알고 보면, 저렇게 꿈같은 황홀한 자유가 있다
돌들은 제멋대로 모여서
생긴 대로 노래하고 크기대로 춤추다가
때론, 세상이 몹시 그리우면
아무리 무서운 언덕도 신나게 뛰어내린다
돌(石), 저들은 오직 몸짓과 표정으로
사람을 부르고 새들을 부르고 짐승을 부른다
비가 오면, 아침마다 물소리 뽑아 콧노래도 부르고,

배고프면 파란하늘로 밥도 짓는다

가장 황홀한 원(圓)

끝과 시작이 교미(交尾)하면 원(圓)이다
황홀한 원이다
삶은 전부가 원이다
우리 모두는 원으로 태어나 원으로 죽는다
가을의 낙엽도 새싹을 물고
원으로 떨어지듯
세상은 모두가 아름다운 원이다
창문 너머 하얀 겨울이
벌써 봄을 안고 파랗게 원으로 돈다
슬픔도 결국 기쁨과 교미하는 원이다
저 멀리 불행이 행복을 업고 두둥실 원으로 돈다
웃음과 눈물도
살아 있는 가장 달콤한 원이다
저쪽에 손잡고 가는
할아버지와 손자도 아주 동그란 예쁜 원이다

시작과 끝이 교미하면 가장 황홀한 원이다

· · · · · · 가장 황홀한 원

3
외로운
오솔길

꼴 베러 가던
그 외로운 오솔길,
지금도 가끔씩
고향에 가면, 그 길
아직도 나를 반갑게
형이라 부르며 달려오고 있다

· · · · · · 가장 황홀한 원

외로운 오솔길

초등학교 어린 시절 추억 하나가
까만 고무신 한 짝만 신고, 지금도 가끔씩
나를 형이라 부르며 찾아오고 있다
허름한 시골 중국집 앞에서
침 흘리며 괜히 머뭇거렸던 초등학교 어린 시절,
그 맛있는 중국집 냄새가,
얼마나 예쁜 나비로 폴폴 날았는지 모른다
차마, 떨어지지 않는 발걸음으로
코흘리개 초등학교 어린 꼬마는 슬픈 눈물처럼
집으로 돌아오면 나를 기다린 건
국밥 속에 바위처럼 커다란 고구마 하나,
그래도 아버지가 무서워 키보다 큰 꼴망태 메고
꼴 베러 가던 그 외로운 오솔길,
지금도 가끔씩 고향에 가면, 그 길

아직도 나를 반갑게 형이라 부르며 달려오고 있다

늙은 빈 운동장

햇빛만 혼자 빈 운동장에 놀고 있다
오래전에 폐교된 늙고 병든 빈 운동장,
구석구석 이끼와 무성한 잡초로 귀 눈 다 어두워졌지만,
가장 인자하신 신사임당 그 동상 앞에서,
두 손 모아
하루 종일 눈이 빨갛게 홀짝거리던
그 키 작은 여학생,
아직도 잊지 못하는 저 늙은 빈 운동장,
그때 그 키 작은 여학생은 왜, 그렇게도 많이 울었을까
아버지가 갑자기 돌아가셔서 그랬을까
아니면 어머니가 몹시 아파서 그랬을까
생각할수록 가슴 찡한 그 사연,
지금은 그 인자했던 신사임당도 그렇게 용감했던
유관순 누나도, 다 철거되어 멀리 하늘나라로 가버렸지만,
바람 몹시 불거나 비오는 날이면,
유독, 그 키 작은 여학생이 눈에 밟혀

그만 울컥, 가슴 찡하게 눈물 나는 저 늙은 빈 운동장

삶의 시간

아침 해
동해(東海)에서
석가의 미소처럼
떠올라
어느새 예수의 죽음처럼

서산(西山)에 빨갛게 걸려 있다

오늘도 또 하루가 간다

오늘도 비스듬히 흰 구름 쓰고 하늘이 온다
내 얼굴에
지금 한창 통통하게 살찌는 주름살,
하루 종일 쫄랑쫄랑
나를 오빠라고 따라다니는 고 얄미운 시간,
쌉쌀한 죽음에 깨소금 치고 양념하는
또 오늘 하루,
그리움으로 짭짤하게
소금 친 서산(西山)의 붉은 해가
불타는 저녁놀 그 시뻘건 숯불 위에

오늘도, 어느새 한 점 맛있는 살코기로 자글자글 익는다

아버지의 무게

팔남매 서로 얽혀 있는 커다란 가시덤불,
그 속에 어깨에 금이 가던 바위 하나
외로운 우리 아버지,
밝은 햇빛으로 환하게 요리 한번 못한
그늘진 풍경,
흙속에 깊이 주저앉은 먼지만 친구로 알고
해마다 금만 가던 큰 바위 하나,
가슴 속에 이글거리던 불꽃 한번 꺼내놓지 못하고
덩치 큰 가난만 오직 자기의 무게로 알고
밤마다 무거운 어깨에

쩍쩍 금 가는 소리만 들리던 우리 아버지

어느 천사 이야기

차고 딱딱한 돌 하나가, 속에 감추어 둔 불꽃,
그 뜨거운 속살을 드러내고 있다
돌(石)은, 조각가의 땀방울 끝에서 힘찬 망치소리와 함께
지금 가장 뜨겁게 눈뜨고 있다
아저씨, 제가 빨리 아름다운 천사 될게요
이렇게 돌에서 숨찬 음성이 묻어나는 순간,
망치 든 조각가의 두 눈(目)에서
벌써 불꽃 튀는 생명의 숨소리가 들린다
불타는 조각가의 영혼에서
지금 막 하늘의 파란체온으로 가늘게 눈 뜨는 소녀는
아저씨, 아저씨는 정말 살아 있는 하느님이세요
제가 아저씨의 정(釘) 끝에서
가장 아름다운 천사로 태어나는 날,
제 뜨거운 깊은 속살에,

아저씨가 풀어야 할 가장 황홀한 숙제 하나 남겨둘게요

봄 풍경화

스카이라인(skyline) 저 멀리
아스라이 선율로 뛰노는 가장 높은 산 하나,
봄이 오는
저쪽 허공에 예쁜 신부(新婦)로 앉는다
변산반도(邊山半島) 그 노을 진 파도 위에 뛰놀던
바람도
어느새 새파랗게 새싹을 임신한 어머니,
뭉게구름 날개 달고 먼 아지랑이와 춤추는
파란하늘 저쪽에,
즐거운 산들바람 그 하얀 발걸음도
어느새 봄볕에 취해

오늘은 그만, 그 예쁜 진달래랑 빨갛게 드러눕는다

날개

꿈은 날개다 가장 큰 날개다
생명의 저 물방울도 꿈꾸며 하늘에서 날아온
날개다
단풍은 또 얼마나 나무가 꿈꾸던
아름다운 날개인가
구름을 봐라, 끝없이 날고 싶은 하늘의 하얀 날개다
바위도 날고 싶어, 침묵의 저 아득한 시간을 먹고
끝내는 흙에서 먼지로
꿈속에서 하얗게 날개를 단다
사람도 언젠가는 혼백(魂魄)의 날개를 달고
새나 나비로 날아,

살아서 그렇게 꿈꾸던 하늘의 저 파란 소유권을 갖는다

돌(石)의 감상

저렇게
쓸모없이 길가에 버려진 저 딱딱한 돌도
정(釘) 맞는 망치소리,
그 뜨거운 조각가의
혼(魂)을 먹으면
끝내, 그 내부가
싱싱한 소녀의 탄력성으로
눈부신 하얀 날개가 돋아

그만, 하늘로 날아오르는 천사가 된다

현미경 밑에서

작은 먼지 속에 아득히 높은 산이 있다
화산이 폭발한 분화구 근처에는
아직도 흩어진 더 넓은 황무지,
현미경 밑의 작은 먼지 속에 숨어 있는 신비,
이 놀라운 세계,
지금까지 우리가 눈 뜨고 살아온 세상이
얼마나 작고 부끄러운가
날마다 손가락 걸고 살아온 우리의 약속,
그 작은 새끼손가락 한 마디를
오늘은 현미경 밑에서 본다
주름살
그 깊은 골짜기에 시퍼렇게 흐르는 세월의 강물 위로

어느새 내 죽음 하나가 동동 빨간 꽃잎으로 떠간다

5월의 빨간 기쁨

저쪽에서 장미꽃 피는
빨간 기쁨 하나가,
눈썹을
살짝, 짙은 향기로 그리고 있다
이때, 앞산의
신록(新綠)이 쪼르르
달려와서
한창 꽃피는 저 놀라운 기쁨을

가장 큰 목소리로 우리 집 정원이 빨갛게 언니라 부른다

• • • • • • 가장 황홀한 원

4
가장
상큼한 과일

그 깨끗한 영혼이
갑자기 보고 싶다
이때, 흘끔 하늘을 보니
어제보다 더욱
파랗게 누워서
석가와 예수, 천 년 전
그 착한 친구들이

• • • • • • • 가장 황홀한 원

가장 상큼한 과일

오늘 혼자 길을 가다가, 문득, 우연(偶然) 하나가
천 년 전 가장 착한 친구,
석가와 예수의 그리움을 데리고
더럽고 누추한 내 마음을 찾아오셨다
아직까지 죽음 너머로 가볼 생각은 추호도 없었는데,
어쩐지 오늘은 회오리바람 같은 죽음 저쪽에서
천 년 전 가장 착한 친구, 석가와 예수를 만나고 싶었다
눈부신 원(圓)과
빨갛게 불타는 십자가를 가슴에 메고
끝없이 행진하는
그 깨끗한 영혼이 갑자기 보고 싶다
이때, 흘끔 하늘을 보니 어제보다 더욱 파랗게 누워서
석가와 예수, 천 년 전 그 착한 친구들이

앞으로 우리가 따먹을 가장 상큼한 마음속 빨간 과일이란다

나의 시(詩)

모국어(母國語)를
새털처럼 가지고 놀았고,
자연과 인생을
찰흙처럼 마음껏 주물러 보았다
만약에 신(神)이 계신다면
칭찬 대신에
내가 가장 좋아하는 저 푸른하늘을

내 주머니가 철철 흘러넘치도록 가득히 채워주실 것이다

5월의 아침 정원

열 송이 장미꽃,
그 콧노래에
우리 집 정원이 어제보다 향기롭다
날아갈 듯한 꽃잎에
동그랗게 둘러앉아 무지갯빛 나눠 먹던
아침 이슬들이,
반짝거리는 그 황홀한 입술을 한창 자랑할 무렵,
저쪽의 싱그러운 아침햇살이
젊음에 몸부림치는
우리 집 파란 정원을

남몰래, 가장 아름다운 꽃밭으로 한없이 유혹하고 있다

가을과 참새 떼

살찐 햇볕
콕콕 쪼아 먹는 가을 날씨,
들판에서 노랗게 뛰놀고 있다
파란하늘 저쪽에
빨갛게 입 벌어지는 밤송이 그 언니들,
지금 한창 황홀한 사춘기,
가을 날씨 이렇게 노랗게 뛰노는 날엔
배고픈 작은 참새 떼 모여앉아
알곡식 포동포동 살찌는 소리에

오늘은 안 먹어도 그만 배가 부르다

기분 좋은 날

오늘은 내 기분이
쨍하고 한 마리의 하얀 토끼다
세상이 좋아서 그냥 깡충깡충 뛴다
즐거움이 하루 종일
동그란 내 입가에서 저 혼자 깔깔거린다
토끼가 하얗게 뛰노는
푸른 공간은
오늘처럼 즐거운 내 행복이다
이렇게 햇빛 쨍쨍한 날에는
저쪽의 하늘도
파랗게 손 흔들며

아침부터, 나를 가장 반갑게 형(兄)이라 부르고 있다

여름 여행

폭포수 같이 내리꽂히는 바위 언덕,
그 아래 폭발물 같이 숨어 있는
무서운 바위 하나,
그 옆으로 거친 산돼지처럼 쫓기고,
신나는 산토끼처럼 달리는 크고 작은 바위와 돌들,
푸른 소나무 막 홍수처럼
철철 흘러넘치는 어느 상류(上流),
물소리와 바람소리, 매미소리와
땀 냄새가 뒤섞인 야릇한 여름 향기,
모처럼 맑은 날씨와 저 파란하늘로
짭조름하게 간맞추며

오늘은 가장 얼큰한 내 행복의 찌개를 끓이고 있다

아내에게 바치는 연가(戀歌)

아내여! 시인의 아내여!
새소리 맑게 들리던 당신의 그 까만 머릿결이
어느새 하얗게 학(鶴)이 되었습니다
놀라운 세월의 마술 앞에
제 여생(餘生)을,
당신을 위해 푸른 노송(老松)이 되겠습니다
제 어깨 위에 앉아, 고고한 학춤을 낳아 기르소서
하늘의 언어, 시인의 아내여!

당신은 하늘이 주신, 저의 가장 아름다운 시(詩)입니다

꽃샘추위

벌써, 봄이라고
철없이 날뛰는
어린
저 망나니들을
아주 따끔하게 나무라시는

하늘의 회초리다

바다의 여름 풍경

웃음 냄새 멀리 풍기는
즐거운 여객선 하나가,
바다의 저녁놀을 등에 업고
지금 한창 파도치는 세찬 바람을
가장 반갑게 누나라 부른다
이때, 저쪽에서 빨갛게 상기된
예쁜 작은 섬 하나가
몹시 요염하게 누워서,
맨발로 달려오는 저 뜨거운 여름을

가장 싱싱한 물고기로 낚는다

생존전략

모진 겨울은
뿌리가 부드럽고 연해야 산다
그래서 겨울 냉이의 뿌리는 달고 연하다
겨울 냉이의 삶은
쌀쌀하고 차가운 얼음 밑이다
반드시 죽지 않고 살아남아야 한다
가장 강하다는 것은 가장 부드럽게 싸우는
삶의 기술이다
지금 얼음 밑의 연약한 뿌리들아,
살인적인 겨울 추위와
가장 부드럽고 연(軟)하게 싸워서
내년 봄에는

반드시 살아남아 눈부신 초록빛 영웅이 되거라

황홀한 전쟁

곳곳마다 목련꽃이 하얗게 폭발한다
황홀한 전쟁이다
햇빛도 저쪽에서 눈부시게 무장했다
개나리도 울타리 너머로 노랗게 엎드렸다
앞산과 뒷산에서
지금 한창 불 뿜고 있는 진달래,
하늘도 뒤늦게 얼굴이 새파랗게 달려온다
그래도 다행이다
저쪽 산 너머 구름 속에
봄비가 아주 촉촉이 살고 있다
급하면 언제라도

평화의 사절(使節)로 온 들판이 파랗게 달려올 수 있다

달빛과 벚꽃

달빛과
벚꽃이 결혼하는 첫날밤,
시간도 황홀해서 흘러가지 못했다
간밤에 자고 나서 떨어진
꽃잎,
첫날밤 하얀 이불에 묻은

신혼의 그 달콤한 흔적

가을의 무게

입추(立秋)가 앞에서 끌고
귀뚜라미가 뒤에서 밀면서 가을이 온다
입추와 귀뚜라미가 저렇게 땀 흘리는
가을의 무게는
저 황금빛 성숙(成熟)이다
여름의 그 무덥던 파란 무게보다
훨씬 가볍고 향기롭다
노랗게 젖내 나는
들판의 저 동그란 알곡식과
온 산이 활활 불타오르는 저 뜨거운 단풍의 무게를
파란 하늘 저쪽에서

와! 놀란 감탄사가 지고 온다

점점 가까이 들려오는 그 푸른 발걸음에

나도 막 가슴 뛰고

어둠도 막 가슴 뛰고

흐르는 시간도 막 가슴 뛰는 그런 거룩한 밤이에요